KB051218

반은 슬픔이 마셨다

반은 슬픔이 마셨다

초판 1쇄 발행 2019년 4월 19일

지은이 양광모
펴낸이 김선기
펴낸곳 (주)푸른길
출판등록 1996년 4월 12일 제16-1292호
주소 (08377) 서울시 구로구 디지털로 33길 48 대륭포스트타워 7차 1008호
전화 02-523-2907, 6942-9570~2
팩스 02-523-2951
이메일 purungilbook@naver.com
홈페이지 www.purungil.co.kr

ISBN 978-89-6291-752-9 03810

*이 도서의 국립중앙도서관 출판예정도서목록(CIP)은 서지정보유통지원시스템
홈페이지(http://seoji.nl.go.kr)와 국가자료공동목록시스템(http://www.nl.go.
kr/kolisnet)에서 이용하실 수 있습니다.(CIP제어번호: CIP2019013029)

양광모 술 시집

반은 슬픔이 마셨다

푸른길

시인의 말

사람 몸의 70%는 물이라는데

이 시집에 실린 시의 100%는 술이다.

실컷 취하라.

그런데 술은 좀 마실 줄 아는가?

얼른 오시게.

내 잔이 비었네.

차례

5   시인의 말

I.   삶이 내게 축배를 들라 한다

11   술잔 마주 놓고
12   술을 마시다
13   사람에 약하길
14   캬!
15   술
16   낮술
17   술과 인생
19   틈
23   삶이 내게 축배를 들라 한다
24   가끔은 술을 마시고 싶은 날도
       있었다
25   취중농담
27   못 배운 것들
28   배운 것들
29   잘못 배운 것들
30   술에게 배우다
31   술을 받들다
32   살다 보면
33   멸치
35   삼겹살

36   포장마차
37   운수 좋은 날
38   36.5도 인생
39   중년
40   누룩
41   아름다운 거지
42   술벌이
44   빈 병
45   원샷
46   병나발
47   행패
48   공술
49   해장술
50   꿈만 같으랴
51   월하독작月下獨酌
52   다행이다
53   고래는 왜 술을 마시나
54   싱거운 술
55   자작을 좋아하다
56   콩돌해변
57   홍도야 우지 마라
58   푸른별 주막에 앉아

II. 반은 슬픔이 마셨다

63 권주가 1
64 권주가 2
65 권주가 3
66 권주가 4
67 권주가 5
68 권주가 6
69 권주가 7
70 술 권하길 권하다
71 일일오주가—日五酒歌
72 술이여
73 빈속에 소주 한 잔을 들이켜면
74 인류애
75 낸들
76 주량
77 술자리
78 행복한 일
79 주님의 말씀
80 술독
81 의식주衣食酒
82 삶이 내게 술 한잔 마시자
    한다
83 소주

84 맥주
85 막걸리
86 양주
87 폭탄주
88 처음처럼
89 딱 한 잔만
90 딱 두 잔만
91 딱 한 병만
92 건배
93 술을 위한 건배
94 딱하여
95 술을 마신다는 것
96 술을 벗하네
97 깊은 술
98 반은 슬픔이 마셨다
99 썰물도 없는 슬픔
100 언제 술이나 한잔 합시다
101 술비
102 술시酒時
103 인생은 술잔
104 술빚
105 술꽃
106 이제 마시지 않아도 취하네
107 술상

108 시인을 위한 변명
109 묘비명

III. 술을 마신다고 술만 마시겠
는가

113 애주가 1
114 애주가 2
115 애주가 3
116 애주가 4
117 애주가 5
118 애주가 6
119 애주가 7
120 애주가 8
121 애주가 9
122 애주가 10
123 애주가 11
124 애주가 12
125 애주가 13
126 애주가 14
127 애주가 15
128 애주가 16
129 애주가 17
130 애주가 18
131 애주가 19
132 애주가 20

IV. 천 년이 지나도 나는 너에게
취해 있으리

135 매얼媒蘖
136 바람 부는 봄날에는
137 그대 눈을 바라보며
138 봄날은 가도
139 님은 어디로 갔는가
140 사랑한다는 것이
141 천 년이 지나도 나는 너에게
취해 있으리
142 온달주 마시며
143 와인
144 파전과 동동주
146 사랑은 푸른 잎으로 살아남
으라
148 내가 평생에 걸쳐 쓰는 시여
150 삼강주막

I.

삶이 내게 축배를 들라 한다

술잔 마주 놓고

살아가는 일이
시린 날이면

소주잔 두 개
마주 놓고

밤새 너와
가슴 뜨거운 이야기
나눠보고 싶다

生이여

술을 마시다

4도짜리 맥주를 마시다
서러운 무엇이 있는지
거품 같은 눈물을 펑펑 쏟아내는
36.5도 술 한 병의 등을
가만히 쓸어주었다

술아, 천천히 비워야 한다

사람에 약하길

술 한 잔만 마셔도
얼굴이 새빨개지는 사람들이 있다

살아가는 동안
사랑이나 우정을 마실 때
나의 영혼이 늘 그러하기를

사람에 약하길

캬!

저녁 어스름이 내려앉는 시간
소주 한 잔을 빈속에 들이켜면
100억 광년 우주 너머
칠흑 같은 어둠 속에서 빛의 속도로 날아와
입 밖으로 뛰쳐나오는 원시의 언어

그래도 세상은 살 만하다고
밤하늘 별은 아직 때 묻지 않았다고
내일은 내일의 해가 뜬다고
아니, 설사 그렇지 않을지라도 그냥 모두 씻어버리라고

세상에서 가장 짧은 연설
세상에서 가장 뜨거운 포옹
세상에서 가장 눈물겨운 감탄사

캬!

술

사막을 건너기 위해서는
물이 필요하듯

인생이라는 사막을 건너기 위해서는
술이 필요한 것

갈증이 아니라
망각을 위해

인생이 사막이라는 사실을
잊기 위해

낮술

낮에 마시는 술만이
낮술이랴

비우고 비우다 마침내 채워
밤을 낮으로 만들어야만 하는 사람 있느니

그가 마시는 술이
이 세상 가장 진한 낮술이다

그가 삼키는 눈물이
이 세상 가장 뜨거운 낮술이다

술과 인생

인생은 술병
조금씩 조금씩 줄어드는 것

인생은 술잔
잠시 맡았다가 내어주는 것

인생은 술
그 맛과 향기에 취하는 것

인생은 안주
본질이 아닌 것들에 의해서도 행복은 찾아오는 것

인생은 누룩
내가 살아가는 세상을 아름답게 빚어주는 것

인생은 건배
좋은 길동무 몇 사람 만나는 것

인생은 축배
살맛 없는 날도 술맛으로 살아갈 수 있는 것

인생은 자작
자신의 인생은 자신이 따라 마시는 것

인생은 술상
맛있게 먹고 나면 치워야 하는 것

인생은 술손님
다른 주막을 찾아 다시 떠나가야 하는 것

인생은 딱 한 잔
그렇지만 이번 생이 몇 차인지는 아무도 모르는 것

인생의 주인은 누구인가
술과 사람이 주인酒人이라네

틈

시가 써지지 않거나
생활이 부족한 날은
아무래도 술 생각이 간절해져
군포 갈치저수지를 지나
털보네 슈퍼 뒷마당에 앉아
걸쭉한 막걸리
한 주전자 가득 청해야 한다

두어 잔쯤 마시다 보면
어쩐지 왼쪽 의자에는
내 얼굴만 빤히 쳐다보며
술과 안주에는 일절 손도 대지 않는
계집 하나 앉아 있는 듯하고
서너 잔쯤 마셨다 치면
틀림없이 오른쪽 의자에는
세상에서 가장 맛있다는 듯이
막걸리 한 잔을 쭈욱 들이켠 후
김치쪼가리 냉큼 집어다 먹으며
손가락 쪽쪽 빨아대는 계집 있기 마련이고

예닐곱 잔쯤 마셨을 무렵이면

반드시 맞은편 의자에는

나보다 더 술에 취한

발그레한 표정으로

네까짓, 그까짓, 흥흥흥

대뜸 욕지거리 늘어놓는 계집 있어라

문학은 모르오

예술은 무관하오

철학은 개똥이오

삼삼한 음담패설이나

실컷 주고받다가도

내 잠시 겸연쩍은 생각에

탁자 위에 엎드려 얼굴 숨길 때

문득,

나무와 나무 사이

널판과 널판 사이

갈라진

틈

너머

늘
저편에 존재하고 있던
또 하나의 세상 보여라

바늘구멍을 통과해야만 하는
낙타의 눈빛으로
물끄러미 그 세상 바라볼 적에
이윽고 부끄러운 마음이 생겨나는 것은
저 건너편 세상 때문이 아니오
내 눈에 보이지 않던 세상 뒤편을
한눈에 꿰뚫어 보게 만들어 주는
벽과 경계의 이면을
고스란히 드러내 보여 주는
틈,
그 틈만도 못한
시를 쓰고 있는 건 아닌지
그 틈보다 좁은
일생을 살고 있는 건 아닌지

아무래도

시나 생활이 부족한 날은

털보네 슈퍼 뒷마당

탁자 위에 엎드려

넓고 길쭉한

틈

하나 찾아야 한다

그

틈

끝내

건너갈 때까지

삶이 내게 축배를 들라 한다

살아가는 동안
고배 한두 잔쯤
마셔 보지 않은 사람 어디 있으랴

마지막 생의 저녁
독배 한 잔
피해 갈 수 있는 사람 어디 있으랴

반병밖에 남아 있지 않아도
반병은 남아 있다 생각하며

아직도 반병이나 남아 있다 생각하며
삶이 내게 축배를 들라 한다

가끔은 술을 마시고 싶은 날도 있었다

가끔은 술을 마시고 싶은 날도 있었다

살아가는 일의 막막함과
살아있는 일의 쓸쓸함으로

사랑했던 일의 아득함과
사랑하는 일의 아찔함으로

가끔은 술에 취하고 싶은 날도 있었다

자주는 아니고 아주 가끔
술을 마시고 있지 않던 날

취중농담

서정주를 키운 건 8할이 바람이요
나를 키운 건 8할이 술이다

이태백은 달 아래 혼자 술을 마시고
나는 달에 앉아 혼자 술을 마신다

술통에 살던 디오게네스가 알렉산더에게 말했다
술 한 잔만 주시오, 햇볕은 상관없으니

박카스는 로마 술의 신 바쿠스의 이름인데
박카스를 마시면 취하는 사람들이 있다

그리스 술의 신 디오니소스는 제우스의 허벅지에서 태어났
는데
나는 술만 마시면 허벅지가 가렵다

우리나라 술의 어머니는
주모酒母다

요즘 이 나라엔 시인에게
술 한 잔 대접할 줄 아는 사람이 없다

사실 이 나라엔
술을 마실 줄 아는 시인도 없다

못 배운 것들

하여간 못 배운 것들하고는
술자리를 함께 할 일이 아니다

배운 것들

배운 것들이 꼭 큰소리다

술에 술 탄 듯 물에 물 탄 듯 살아야 한다

잘못 배운 것들

안주빨 너무 세우지 마라
그대 앞에 병나발 부는 사람 있다

술에게 배우다

사랑이나 정치, 사업을 하려거든
술을 배우지 말고 술에게 배울 것

나를 따르라
설교 한 번 해본 적 없는데

세상의 모든 사람이
술을 따른다

술을 받들다

밤이 허리춤에 술병을 차고 오면
달이 술잔에 술을 따르고
별들이 내려와 함께 잔을 부딪치네

불혹을 지나 지천명이 되었거늘
어찌 하늘의 뜻을 모른 척하랴
술은 마시는 게 아니라 받드는 거라네

하늘도 하루에 두 번씩
얼굴이 붉어지거늘

살다 보면

살다 보면
슬픔이나 불행이
술 한 잔 사 달라고 조를 때가 있다

정중히 거절할 것

공짜술에 맛 들이면
자주 찾아오기 마련이니

멸치

말라비틀어진
삶을 달래 보겠노라
맥주 두 병과
멸치 한 주먹과
고추장 반 종지를 마련하여
세 평 방바닥에 정좌하였는데
한 모금을 채 마시기도 전에
나보다 더 말라비틀어져
그것도 생이 아니라 죽음으로 말라비틀어져
자신의 차례도 모르는 채
적멸을 기다리는
멸치와 멸치,
멸시도 아닌 저 멸치를
무거이 손바닥에 올려놓고
바닷속 그의 젖은 생애를
물길 따라 이리저리 헤집어 보다가
가만히 자리에서 일어나
두 번 절을 올린 후
나는

멸치와 몸을 섞고

맥주잔에 담긴 푸른 바다를 냉큼 들이마셨다

−바다를 사랑한 게 어찌 고래뿐이랴

삼겹살

살아가는 일 진흙탕 같은 날은
삼겹살에 소주 한 잔이 최고지

살아가는 일 소주 같은 날은
삼겹살이 최고지

살아가는 일 삼겹살 같은 날은?
최고지!

인생이란
한 겹 한 겹 그리고 또 한 겹

포장마차

살아가는 동안
포장이 너무 심해
껍데기 몇 개쯤 벗어버리고 싶을 때

먼 사막으로
밤하늘 별을 보러 떠나고 싶을 때

포장마차에 훌쩍 올라타
한 잔 술로 생의 갈증을 달래주면

어둠을 뚫고 힘차게 울려 퍼지는
말 울음소리

달려라, 생이여!

운수 좋은 날

점심 무렵 손님이 찾아와
막걸리를 마셨는데
저녁 무렵 친구가 찾아와
소주를 마셨다

세 잔을 마신 후 서운하였는데
아내가 한눈을 파는 사이
한 잔을 더 마셨다

이리도 운이 좋으니
슬픔이나 아픔은
내일에나 애태워도 충분하리라

36.5도 인생

쓰건

달건

독하건

순하건

그래 봤자

36.5도 술 한 병

그래도

취할 사람은 취한다네

중년

이 사람 저 사람 손 거치며
반 남짓 속 비워냈지만

그래도 아직
빈 병은 아닌 사람

김빠진 소주 같은 사랑도
두어 잔쯤은 남아있어

이제껏 선하게 살지는 못했어도
이제사 순하게 살려는 사람

뚜껑은 닫아 무엇 하리
햇살과 바람을 담아 남은 생을 익어가려는데

누룩

짓눌리고
짓밟히고
골방을 뒹굴거나
허공에 매달려
기약도 없는 세월을 보내다가
기어코 제 몸 한구석에 곰팡이가 슬어야만
자식이라는 술 한 잔을 향기롭게 빚어내는
세상의 모든 아버지
세상의 모든 어머니

아름다운 거지

세상은 거지 같다 말하지만

커피 한 잔이 소주 한 병보다
높은 몸값을 받는 걸 보면
세상은 아직 큰 부잣집인데
나의 마음아 무엇을 걱정하느냐

소주 한 병이면
일곱 사람의 잔을
넘치도록 채워줄 수 있는데
나의 마음아 무엇을 가난하느냐

소주 한 병이면
꺼져버린 영혼의 불씨가
뜨겁게 다시 불타오르거늘
나의 마음아 무엇을 얼어있느냐

술이 있어
세상은 참 아름다운 거지

술벌이

사람이 나이를 먹으면
밥벌이는 스스로 해야 하는 법이고
시인이 시를 쓰면
술벌이는 스스로 해야 하는 법인데

시는 읽히지 않고
시집은 팔리지 않으니
세상의 모든 애주가에게
술을 청하노라

이후로 술자리 생겨
술병 보게 되거든
술벌이도 못하고 사는
양 시인 생각을 하여

소주 한 병에

삼겹살 일인분 값을 보내준다면

그대가 진정한 주당酒黨이요

그대가 진정한 주신酒神이라

그 술 한 병마다

새 시 한 편이 태어나려니

누구의 시냐 세상 사람들이 묻는다면

그대가 썼노라 기뻐 말하리

그러한즉 나의 계좌번호는... 계좌번호는...

아무리 그래도 그것이 그렇지?

오늘은 술이 사뭇 쓰겠네

빈 병

밤새워 술 한 잔
같이 마실 친구 하나 없다면
그의 우정은 빈 잔이다

밤새워 술 한 잔
같이 마실 사랑 하나 없다면
그의 사랑도 빈 잔이다

그렇지만 밤새워 술 한 잔
혼자 마셔본 적 없다면
그의 인생은 빈 병이다

원샷

인생이라는 술을
마실 때

기쁨과 행복은
조금씩 천천히 음미하고

슬픔과 불행은
한 번에 원샷으로 마실 것

다 마신 후에는
잔을 거꾸로 들어
모두 비웠는지 확인할 것

새 잔에는
희망과 사랑을 가득 채울 것

병나발

색소폰이 유행하기 전에는
가장 인기였다지

웬만한 남자는 모두 불어봤지만
거리의 악사들 솜씨가 으뜸이었다는군

오케스트라의 연주도 견주지 못할
저 장엄한 독주

베토벤도 깜짝 놀랄
저 정체불명의 병악기

오늘도 온 세상에 비장하게 울려 퍼지는
인류의 인생교향곡

행패

아이참!

지구 좀 천천히 돌려주시겠어요

다들 어지러워 비틀거리잖아요

生이 원래 진한 줄은 알고 있습니다마는

공술

밤술 열 잔은
낮술 한 잔만 못하고

낮술 열 잔은
입술 한 잔만 못하지만

입술 열 잔도
공술 한 잔만은 못하네

살아 공술 열 잔을 마시면
전생에 나라 하나를 구한 거라네

해장술

사랑의 아픔은
사랑만이 치유할 수 있고
사람으로 인한 아픔은
사람만이 치유할 수 있듯이
술로 인한 아픔은
오지 술로만 치유 가능한 것
해장술은 술이 아니라
몸을 치료하는 약이라네

꿈만 같으라

어제는 푸른별 주막에 앉아 별을 따고
오늘은 이백 카페 거닐며 시를 줍네
내일은 그대 무릎에 누워 잠들어 볼까

일장춘몽이면 또 어떠리
꽃향기도 봄바람에 꿈길 거닐거늘
살아 있다는 것 꿈만 같으라

월하독작 月下獨酌

갈치호수 이백 카페에 달 떠오르면
은파는 바람에 출렁이고
꽃들은 상사에 잠 못 이루네
내 어찌 그림자 벗 삼아 술을 마실까

한 잔을 비우면 호수가 노래 부르고
두 잔을 비우면 꽃들이 어깨춤 추네
세 잔이야 잠시만 기다려 보아라
이제 곧 달빛 따라 두보 걸어오리니

다행이다

드문드문
내 안의 나를 불러내
두 손으로 악수를 청하거나
힘껏 안고 등을 두드려 주거나
술 한 잔쯤 코가 비뚤어지도록 대접해 주고 싶기도 한데
도무지 그는 내키지 않는 모양인지
내가 찾을 적마다
문을 걸어 잠그고 아무런 대답이 없어
나는 내 안의 나도 없이 홀로 술을 마시는 적이 많다
그는 아무래도 나보다는 높고 외로운 것이다
다행이다

고래는 왜 술을 마시나

목포항 허름한 선술집에서
뱃사람 하나가
계란후라이 하나를 안주로
소주 됫병을 꿀꺽꿀꺽 마시더라

경주 감포해변 백사장에서
중년의 여인 하나가
새우깡 한 봉지를 안주로
소주 두 병을 끼룩끼룩 마시더라

인사동 주막 골목에서
나이도 성별도 없는 시인 하나가
안주도 없이
소주 한 병을 벌컥벌컥 마시더라

그런데 고래는 왜 술을 마시나
바다에도 술이 아니면 안 되는 것들이 있는 겐가

싱거운 술

이천 년 전, 아기 예수가 태어났다는 성탄절을 기념하기 위해 짜파게티 한 개를 끓여 참이슬을 마시다가 술이 너무 싱거워 두 잔을 마시곤 그만 뚜껑을 닫아버렸다 실은 이런 날들이 위험한 것이다 독해야 할 것들이 독해지지 못하는 날들, 내 생에도 그런 날들이 참이슬처럼 몇 병 있었다

자작을 좋아하다

혼자 짓거나
혼자 만든다는 건
얼마나 아름다운 일인가
또한 얼마나 눈물겨운 일인가

자작나무가
자기 스스로 껍질을 희게 만들고
자기 스스로 나뭇잎을 푸르게 만들고
자기 스스로 겨울이면 옷을 벗는 일을 보라

이렇듯 세상의 모든 것들이
자작자작 뜨겁게
스스로 삶을 지으며 살아가느니

우리가 술 한 잔을 자작하려거든
자작나무의 흰 껍질과 푸른 잎을 기억하며
어느 날이고 눈보라 치는 겨울이 오면
알몸으로도 묵묵히 이겨내는 생을
스스로 만들어야 한다

콩돌해변

눈물도 부서지는 날이 있는가
마음에 안개 밀려오거든
저 먼 서북단의 섬 백령으로 가자
흰 날개 활짝 펼치고 날아가
콩돌해변에 주저앉아
한 움큼 돌을 움켜쥐고 물어보면
마음이란 모름지기 콩알 같은 것
막걸리 한 주전자로 채워지지 않는 갈증을 달래면
바다도 얼굴이 붉어져
이윽고 해가 지누나
내 또 한 생을 기어코 잘 살았구나
기쁨도 슬픔도 아니게
내 또 한 운명을 기어코 잘 이기었구나
콩알만 한 생각으로 마음을 어루며
이윽고 내 마음이 붉누나

홍도야 우지 마라

하루 일을 마친 해가

안주도 없이

깡소주 두어 병을 비우고 나서야

불그스레한 얼굴로

바닷속을 향해 걸어 들어가는

홍도 몽돌해변에 앉아

술을 마셔본 적 없다면

그대 우지 마라

그대 조금 더 빈 병이 되어 울어도 좋다

홍도 몽돌해변에서는

천길만길 떨어지는 해도 눈물 한 방울 없이 떨어진다

푸른별 주막에 앉아

인사동 안국역 6번 출구

푸른별 주막에 홀로 앉아

벽면에 자리 잡은

천상병 시인과 권주하는데

주모 다가와

막걸리 한 주전자 더 마실 요량이느냐 묻네

맑은 하늘에 무슨 횡재인가

골든 벨을 울렸다는

옆자리 선남선녀 바라보는데

20대 초반의 여성

봉긋한 가슴 위에

또렷이 적혀 있는 세 글자

필유용必有用

놀란 마음 진정시키며

저것이 무엇이냐

두 손으로 머리 감싸고 쥐어짤 적에

문득 떠오르는 문장 있으니

하나는 천생아재 필유용天生我材 必有用이요

둘은 학필유용 무용즉지學必有用 無用則止라

그 아가씨, 가려져 있는 오른쪽 가슴을
살짝 들춰
어떤 글자 숨겨 놓았는지 알고 싶은 생각에
불같이 목은 타들어 가고
공술이라 좋을시고 연거푸 술잔 비우며
봄날 저녁 가난한 소풍을 즐기는데
아무래도 의심스러운 것은
도대체 나는 어떤 필유용必有用이냐
하늘이 낳았는데 땅은 쓰지를 않고
남기고 싶은 글자 많건만
세상에 적어 놓을 땅 없더라

하여도 나는
푸른별 주막에 앉아
밤새 술잔 위에 떨어지는 별똥별을 모두 주워
내 붉은 이마에
필유성必有成 세 글자 아로새기리
귀천의 날 밝아 올 때까지

Ⅱ.
반은 슬픔이 마셨다

권주가 1

아침에 핀 꽃은
저녁 바람에 지고

밤에 내린 눈은
아침 햇살에 녹네

그대여 잔을 비우라
살아가는 일은 그보다 더 짧으니

낮과 밤을 가려 무엇 하랴
노을과 단풍을 얼굴에 물들이세

권주가 2

꽃 피니 한 잔
꽃 지니 한 잔

사랑했다고 한 잔
사랑한다고 한 잔

술잔은 바람에 출렁이고
내 맘은 그대 생각에 출렁이니

봄날에는 한 잔
봄날이 가기 전에 한 잔

권주가 3

해가 좋아 한 잔
달이 좋아 한 잔

비가 오니 한 잔
눈이 오니 한 잔

우정은 가슴에 넘치고
사랑은 눈빛에 넘치니

꽃그늘 아래 앉아 한 잔
별빛 아래 앉아 한 잔

권주가 4

봄술은
향기에 취하고

여름술은
소리에 취하네

가을술은
빛깔에 취하고

겨울술은
빈 잔에 취하네

권주가 5

이 세상에 사랑이 없다면
인생이란 얼마나 쓸쓸하겠는가

그러나 이 세상에 술이 없다면
사랑은 또 얼마나 쓸쓸하겠는가

우리 살아가는 동안
세 잔쯤은 마셔야 하리

사랑이여 내게 오라!
사랑이여 영원하라!
사랑이여 행복하라!

권주가 6

술을 마셔도 꽃은 피고
술을 마시지 않아도 꽃은 지네
어찌 술잔을 채우지 않으랴

술을 마셔도 내일이 오고
술을 마시지 않아도 오늘이 가네
어찌 술잔을 비우지 않으랴

술을 마셔도 그대가 그립고
술을 마시지 않아도 그대가 그립네
어찌 술잔을 높이 들지 않으랴

권주가 7

어제는 이백을 만나 잔을 권하고
오늘은 두보를 만나 잔을 청하네
내일은 그대를 만나 잔을 부딪치리

한 잔을 마시면 백두에 오르고
두 잔을 마시면 동해로 나아가네
세 잔을 마시면 은하수로 흘러가리

살아있는 날의 술 한 잔을 무엇에 비할까
백 년 가뭄 끝의 빗줄기요
천 년 겨울 끝의 봄꽃이네

내일 걸어갈 눈길을 어찌 오늘 걱정할까
어둠조차 빛내주는 흰 눈 가슴에 내리거늘
술이라 부르지 말고 雪이라 불러야 하리

이제 잔 들어 그대에게 청하노니
우리 함께 만년설을 즐겨보세

술 권하길 권하다

이보게,
내 죽으면 무덤 위에 뿌릴 술
미리 좀 마시고 가면 안 되겠는가

나와의 일들을 추억하며
자네가 마실 술
미리 좀 나눠 마시면 안 되겠는가

자네가 먼저 가면?
자네가 못 마시고 가는 술
내가 대신 좀 마시고 가면 안 되겠는가

일일오주가—日五酒歌

햇살을 담아
한 잔

꽃향기를 채워
두 잔

새 울음소리를 넣어
석 잔

님 향한 그리움을 따라
넉 잔

잠시 고개 들어
푸른 하늘을 바라보다

대나무 같은 마음을 부어
다섯 잔

술이여

기쁨은 나누면
두 배가 되고

슬픔은 나누면
반으로 준다는데

내 어찌 너와 함께
웃음과 눈물을 나누지 않으랴

기쁨은 열 배가 되고
슬픔은 사라져 버리거늘

빈속에 소주 한 잔을 들이켜면

빈속에 소주 한 잔을 들이켜면
식도를 타고 내려가
심장 한가운데를 관통하는
이만오천 볼트 전류의 짜릿함이여

생의 쓸쓸한 저녁에
가로등 하나 따뜻이 불켜진다

인류애

몸에도 안 좋은
술을 왜 마시는지 묻지 말게

내가 마시지 않으면
누군가는 더 마셔야 하지 않겠나

술은 미워해도
인류는 사랑해야지

낸들

낸들 마시고 싶어 마시겠나

살맛 나지 않는 세상
술맛으로라도 이겨야겠기에 마실 뿐

살맛 나지 않는 세상
술맛마저 떨어지면 큰일이니 마실 뿐

살맛 나는 세상이 찾아오면?
그야 술맛이 최고겠지!

주량

술은 얼마나 마시는가
묻지 말게

술독에 빠져 살지도 않고
술과 담을 쌓고 살지도 않네

그저 서운하지는 않게 마실 뿐
그저 섭섭하지는 않게 마실 뿐

술자리

벚꽃 피는 날에
첫잔을 들었거늘

여름비 오는 날에
어찌 벌써 마치랴

단풍 드는 날이면
자리를 옮겨

첫눈 내리는 날에
마지막 잔을 비우리라

행복한 일

한 잔 술에 불그스레해진
친구의 얼굴을 보는 일보다
더 기분 좋은 일이 있을까

한 잔 술에 빨개진
연인의 얼굴을 보는 일보다
더 사랑스러운 일이 있을까

한 잔 술에 붉어진
착한 사람들의 얼굴을 보는 일보다
더 가슴 따뜻한 일이 있을까

주님의 말씀

살아가는 일이 빈 병 같은 사람들에게
몇 번이나 술을 사주었느냐

영혼 메마르지 않으려
술을 마시는 것이니

밥값은 못 하는 사람은 되도
술값도 못 내는 사람은 되지 말아라

술독

쌀독에 쌀 떨어지는 것이
서러우랴

술독에 술 떨어지는 것이
슬퍼라

마음에 독을 품고
살아가는 일 멀리하고자

가슴에 술독을 품고
마음을 곱게 빚는다

의식주衣食酒

살아가는 데 꼭 필요한
세 가지가 있으니

하나는 옷이요
둘은 밥이요
셋은 술이라

집이야 없으면 어떠리
열 걸음마다 술집이 나를 기다리고 있거늘

삶이 내게 술 한잔 마시자 한다

사랑이 내게
술 한잔 마시자 한다

이별이 내게
술 한잔 마시자 한다

꽃 피는 날에는
꽃을 기뻐하고

낙엽 지는 날에는
낙엽을 슬퍼하며

삶이 내게
술 한잔 마시자 한다

소주

삶에 허기가 지는 날엔
막걸리를 마시고
사랑에 갈증이 나는 날엔
맥주를 마신다

부드러운 위로가 필요한 날엔
와인을 마시고
독한 결심이 필요한 날엔
양주를 마신다

소주는 언제 마시나
밥을 먹는 날에 반주로 마신다

이 세상 가장 아름다운 반주
내 영혼의 반주

맥주

거품이 있어야
삶도 더 맛있는 거라고

사랑이 아름다운 건
거품 때문이라고

꺼져버릴 꿈일지라도
큰 거품을 가지라고

늘 거품을 물고 말하는
참 뜨거운 술

막걸리

지도에도 없고
내비에도 나오지 않는
이 세상 가장 작고 소박한
시골 마을, 막걸리
해 질 녘이면 가난한 사람들이 모여들어
텁텁하고 시큼한 인생을 달랜다

양주

밴댕이 소갈딱지만 한 사람아
술을 마시려거든 양주를 마셔라

성질은 불 같아도
뒤끝은 없다네

폭탄주

욕심이나 후회, 원망 같은
허튼 전쟁이
마음속에 벌어졌는데
쉽사리 승부는 나지 않고
총성만 요란스런 날에는
폭탄주 두어 잔 마신다

자, 폐허 위에서 다시 시작하자

처음처럼

이 세상 등지고 떠나는 날
마지막 술은 무얼 마셔야 하나

맑은 것
차가운 것
가난한 것
뜨거운 것
부드러운 것

모두 버리고 떠나야 하는 날
내 마지막 잔에는 무얼 채워야 하나

생의 술자리 한 판 행복했노라
내 처음처럼 마시며 웃고 떠나리

딱 한 잔만

오랜 세월 지나쳐 왔던 욕심을
오늘 또다시 지나쳐 간다

역시 술을 마심에 있어
지나친 욕심은 금물인 것

딱 두 잔만

이 팍팍한 세상에
딱 한 잔만 가지고 되겠는가

어려운 일
잘 넘어가라고

꿈꾸는 일
잘 풀리라고

술술, 두 잔쯤은 되어야지

딱 한 병만

너의 눈에
딱한 사람이 아니라
너의 심장에
딱 한 사람이 되고 싶다
너의 생에 영원히 다시 없을
딱 한 사랑으로 남고 싶다

꽃보다 아름답고
봄볕보다 따뜻한 애인아
조금만 더 그 이야기를 들어보지 않으련
딱 한 병만 더 마시면서

건배

젊음을 위하여
건배!

사랑을 위하여
건배!

꿈을 위하여
건배!

이 모든 것을 잃어버린
사막을 지나온 사람을 위하여
건배! 건배!

이 모든 것을
죽는 날까지 가슴에 간직하며
살아 숨 쉬는 사람을 위하여
건배! 건배! 건배!

술을 위한 건배

잦은 불평과
거친 외면으로 대했을 뿐
너를 위해 잔을 마련한 적 없었고
너를 위해 건배한 적 없었다
이제야 나의 죄를 고백하며
너를 위해 잔을 가득 채우느니

술이여!
네가 있어 내 가슴엔 늘 별이 빛났다

딱하여

산다는 게 어디 그리
말랑말랑하기만 한 일인가

굳은 떡처럼
딱딱했던 날 많았나니

겨울강처럼
얼어붙을 날 아직 많으려니

그런 날의 건배는
이리함이 술맛 나겠네

우리의 흘러가는 청춘과
우리의 떠나가는 사랑과
우리의 잊혀져가는 꿈과
우리의 식어가는 심장과
우리의 다시 돌아오지 않을 인생에 건배

딱하여!

술을 마신다는 것

술이나 마시는 것으로 생각하겠지만

술잔 속을 들여다보는 것

술잔 너머 다른 세계가 있다는 걸 배우는 것

천천히 음미하는 법을 배우는 것

조금씩 비우는 법을 배우는 것

조심스레 내려놓는 법을 배우는 것

다시 새롭게 채우는 법을 배우는 것

다른 사람의 잔도 살피는 법을 배우는 것

언젠가는 술이 모두 떨어진다는 걸 배우는 것

술이나 비우는 것으로 생각하겠지만

생의 빈 잔을 가득 채우는 것

술을 벗하네

술을 마시길 좋아하는 사람은
술벗을 찾지만

술을 좋아하는 사람은
술을 벗하네

술을 벗하여 마시면
알게 되려니

돈 명예 권력을 취하는 일보다 중요한 건
이 모든 것에 취하지 않는 일이라는 걸

이 세상 가장 아름다운 술버릇은
늘 사람에 취하는 일이라는 걸

깊은 술

술에 빠져 벗어나지 못하는 것이
어찌 사람의 탓이랴

강물보다 깊고
바다보다 깊고
슬픔보다 깊고
회한보다 깊고
사랑보다 깊고
생보다 깊나니

술에 빠져 벗어나지 못하는 것을
어찌 얕은 삶이라 탓하랴

술 한 잔이 이리도 깊어
술 한 병이면 세상이 모두 심연 속으로 가라앉거늘

수면 위로 다시 떠오를 날까지야
우리가 가장 깊은 바닥에서 숨을 참으며 이겨야 하리니

반은 슬픔이 마셨다

아버지의 한숨이
어머니의 눈물이

잊어버린 꿈이
잃어버린 청춘이

떨어지는 꽃잎이
떨어지는 낙엽이

반은 내가 마셨지만
반은 슬픔이 마셨다

썰물도 없는 슬픔

무슨 시인이 술도 안 먹나

외옹치항 바다로 가세

시를 쓰다 술을 마시고

시를 마시다 술을 써야지

해 질 녘 갈매기 흰 날개 펄럭일 때

술 취한 저녁노을에라도 두 눈 멀어야지

그저 아무렇지도 않게 그저 아무렇지도 않게

아———— 7월 동해에

아무래도 어쩔 수 없는 것들

그런데 무슨 슬픔이 썰물도 없나

언제 술이나 한잔 합시다

오늘도 말고 내일도 말고
언제 술이나 한잔 합시다

약속도 말고 기약도 말고
언제 술이나 한잔 합시다

세월 흘러 지키지 못한들
무슨 걱정이겠소

마지막 이 세상 떠나는 날
술이야 따르기 마련이니

술은 그때나 한잔 하고
언제 정이나 한잔 나눕시다

술비

가을비는 떡비요
겨울비는 술비라 뉘 말했나
아마도 술 좋아하는 사람은 아니었으리

봄비도 술비요
여름비도 술비요
가을비도 술비인 것을

겨울눈도 술눈인 것을

술시酒時

낮술 한잔 거하게 걸친 저녁이
덥썩 손목을 잡고 이끈다

뿌리쳐도 봤었지
힘이 장사더군

인생은 술잔

인생은 술잔

어떤 날은 소주가 담기고
어떤 날은 양주가 담기고
어떤 날은 막걸리가 담기고
어떤 날은 포도주가 담기지만

마지막 날에는 모두 빈 잔이 되는 것
마지막 날까지 자신만의 향기를 간직하는 것

술빚

이 세상 가장 따뜻한 빚
이 세상 가장 향기로운 빚

내 삶에 여러 줄기 있어
한세상 술빚만 지다 간다

받아야 할 빚도 몇 개는 있었다

술꽃

꽃도 술이 좋아
가슴에 꽃술을 숨겨두는 게지

꽃향기에 취하는 줄 알겠지만
꽃술에 취하는 것

꽃에게야 질 수 없어
얼굴에 술꽃을 피우는 게지

이제 마시지 않아도 취하네

지구라는 주막에
내 나이쯤 먹은 주모가
투박한 술상 하나 차려 놓고
나를 부를 것 같은 저녁이 온다

생각만으로도 취하는구나
오늘 술은 여기서 그만

술상

하늘님 하늘님!

이 세상 마치는 날
수고하였노라 상을 주실 계획이라면
우등상장이나 개근상장은 말고
막걸리 한 주전자에 두부김치 곁들인
조촐한 술상 하나만 내려주세요

술보다 쓰고 독한 인생
끝까지 참고 남김없이 마시었으니
자격은 충분하겠지요

시인을 위한 변명

　―술을 그리 좋아하면 차라리 술 담그는 법을 배우지 그러 시오

　―시인은 술을 마시는 게 아니라 가슴에 술을 담그는 거라네 이 술이 익으면 시가 되어 사람들이 한두 편씩 꺼내어 마시는 게지

묘비명

막걸리는
가져왔는가

거기 놓고
어여 가시게

시 쓰는 중이라
바쁘구먼

Ⅲ.
술을 마신다고 술만 마시겠는가

애주가 1

술잔 속 흰 바다
저녁 해는 어디로 갔나
노을은 이제 막 얼굴을 물들이는데

애주가 2

술일랑은 탓하지 마오
그대에게 가는 배 한 척 띄우려
술잔 가득 채울 뿐이니

애주가 3

무언가를 가슴에 담아놓고
밖으로 쏟아내지 못한다면
얼마나 답답한 일이겠는가
그 병을 고쳐주려 술을 마신다

애주가 4

목마른 사람의 가슴을 적셔주기 위해
기꺼이 왕관마저 벗어버리는
이 시대의 진정한 왕이여
어찌 그대를 경배하지 않으리

애주가 5

듣기는 빗물이 좋고
보기는 강물이 좋고
마시기는 술물이 좋네

애주가 6

술을 마시니
술병이 생겼네
팔아서 또 한 잔

애주가 7

술잔에는 술을
그대의 입술에는 나의 입술을

애주가 8

비가 오는 날 마시는 술은

우주雨酒

눈이 오는 날 마시는 술은

설주雪酒

꽃이 피는 날 마시는 술은

화주花酒

단풍이 드는 날 마시는 술은

단주丹酒

낙엽이 지는 날 마시는 술은

엽주葉酒

지금 그대와 마시는 술은

애주愛酒

애주가 9

봄날 술잔에 술 따르는 소리
겨울밤 여인의 옷 벗는 소리보다 설레고

가을밤 술잔에 피어나는 술향
여름날 장미꽃 백송이가 무안하다

애주가 10

이 세상 가장 강한 독주毒酒는
이 세상 가장 쓸쓸한 독주獨酒
술잔도 슬퍼 눈물을 출렁인다

애주가 11

천 리 길이 멀다 하나
술길은 한 걸음

애주가 12

내게는 잔을 두 개 가져다주오
술 따르는 시간을 어찌 기다리리

애주가 13

인생이란 술은
누가 빚었나

딱 한 잔을 마시는데
평생을 취해 사네

애주가 14

가슴에 병이 들었는데
어찌 채우지 않으랴

애주가 15

빌어먹을 세상이라는데
거지 아닌 사람 어디 있으랴

이왕에 사는 일 거지라면
고마워라 나는 술거지 되리

애주가 16

술을 마실 때는
욕심부리지 말고 기억할 것

첫술에
배부를 리 없다는 사실을

애주가 17

비어있다는 건
무엇이든 슬픈 일

채워준다는 건
무엇이든 아름다운 일

나는
빈 잔을 채워주고

술은
빈 가슴을 채워주네

애주가 18

술을 마신다고
꼭 술만 마시겠는가

내가 마신다고
꼭 나만 마시겠는가

술에 취했다고
꼭 술에 취했겠는가

이리 말한다고
꼭 대답을 들어야겠는가

애주가 19

배 한 척 없고
파도 한 점 없는
이 민망한 바다를 무엇이라 부르랴

내 안으로 들어오고 나서야
거친 파도 몰아치고
먼 나라로 배 한 척 떠나가나니

5대양 6대주에도 없는데
세상의 모든 상처 입은 사람들이 모여 사는
이 망망한 바다를 무엇이라 부르랴

애주가 20

다섯 수레의 책을 읽지 못했으나
다섯 수레의 술은 마셨네
내일 수레에 실려 떠난들 무슨 여한이랴
오늘 여섯 수레를 가득 채우리

IV.
천 년이 지나도 나는 너에게 취해 있으리

매얼媒糵*

사랑이 맥주 거품처럼 넘쳐나는 세상에
사랑한다, 고백은 김빠진 소주 같은 것

밤새워 술잔 나눌 사람 하나 있다면
그의 눈을 바라보며 이리 말하리

우리 함께 매얼媒糵되지 않겠소
우리 함께 한세월 익어보지 않겠소

*술밑과 누룩이 어울려서 술이 되다

바람 부는 봄날에는

벗꽃나무 아래
꽃비 흩날리니
술잔마다 꽃잎 떠있네

가난이 무슨 걱정이랴
오늘은 꽃잎 깔고
내일은 꽃잎 덮으리

바람 부는 봄날에는
동백꽃 닮은 여인을
만나고 싶어라

그대 눈을 바라보며

봄비에 꽃비 내리는 날
푸른별 주막에 앉아 술잔을 헤아리네
그대 눈에는 별이 빛나고
나의 눈에는 사랑이 빛나거늘
꽃은 무슨 일로 그리 빨리 지고
술은 무슨 일로 그리 빨리 취하나
이 밤이 가기 전
꼭 해야 할 말이 있네

봄날은 가도

꽃그늘 아래 둘러앉아
정겨운 벗과 술잔 기울이니
사람이 술이요 술은 안주일 뿐

한 잔 술에 해 뜨고
두 잔 술에 달 뜨고
세 잔 술에 님 얼굴 떠올라도

그립단 말 하지 말아라
오늘은 춘풍과 권주하리니
꽃 져도 아쉬울 건 빈 술잔뿐인가 하리라

님은 어디로 갔는가

봄밤에 누가 촛불을 켜랴
벚꽃나무 가지마다 꽃등 달렸다

바람 불면 화르르 더 밝게 타오르니
빈 잔을 감추지 못하겠네

술이 간 곳은 알겠는데
님은 어디로 갔는가

사랑한다는 것이

칠 월 장마 궂은 날
푸른별 주막에 홀로 앉았다

술도 자작
시도 자작
생도 자작이거늘
사랑은 어찌 홀로 짓지 못하나

빈 잔에
네 생각 채웠다
비웠다

사랑한다는 것이
한여름 소나기 같아라

천 년이 지나도 나는 너에게 취해 있으리

푸른별 주막에 앉아
백열전등 아래 술잔을 기울이니
잔 중에 떠 있는 건
해인가 달인가 그리운 얼굴인가

잔은 큰데 술은 적고
사랑은 큰데 만남은 적으니
마시지 않아도 술에 취하고
사랑하지 않아도 사랑에 취하네

밤이 깊은 것을 걱정하랴
마음이 얕은 것을 슬퍼하니
천 년이 지난 후에도
나는 너에게 취해 있으리

온달주 마시며

관 떠나지 않아
말했네

내 함께 당신을 따르겠어요

온달평강주, 1400년 후에
내 눈을 붉히네

그리운 이여 내 당신을 따르겠어요

와인

오늘은 내가 이 강을 건너야 한다
그 여름날 포도를 먹으며
목젖을 드러내고 웃던 너는
이 강을 건너
먼저 저녁 바다에 닿았는데
아직도 포도송이는
처녀 아이 젖가슴처럼 열려
오늘은 내가 이 강을 건너야 한다
으깨고 으깨어 즙만 남은 사랑을
오늘은 내가 멀리 이 강에 흘려보내야 한다

파전과 동동주

죽어도 떠날 수 없다며

찔끔찔끔 눈물깨나 짜는

여자 하나 만나

파전에 동동주 한 잔 마셔봤으면

술이야 술술 넘어가겠지

구성지게 끼룩끼룩 노래도 불러보다

갈매기가 백사장에 내려앉듯

파도가 해안을 넘나들 듯

그 여자 몸도 슬쩍 안아보다

이윽고 술로 빚은 노을이 얼굴을 물들이면

죽어도 떠나야 한다고

이미 죽었으니 떠나야 한다고 내치는데도

술잔에 동동주 철철 넘치게 따르고

길쭉하니 파전 가늘게 찢어 입에 넣어주며

배시시 눈웃음 짓는 여자 하나 만나

찔끔찔끔 눈물이나 같이 짜봤으면

사랑이란 게 참말 짜구나

이별이란 게 참말 짜구나

마침내 부둥켜안으며 큰소리로 울어보고는

내 죽어도 사랑을 떠나지 않으리니

사랑은 푸른 잎으로 살아남으라

설악산 주전골에 올라갔다 내려와
감자바우골이라는 이름의 식당에서
감자전에 막걸리를 시켜 마시다
어느새 훌쩍훌쩍 울고 있는 내가 웃겨서
더 울었다

울다가 생각해 보면
사랑 때문도 아니고
이별 때문도 아니고
그저 감자전이나 막걸리 때문에
운 것이리라

어쩌면 가을은 잃어버리는 계절이라는
생각도 했다, 해도, 더 잃어버리고 싶지는 않았다

하늘은 파랬고
사람들은 어깨를 부딪치며
좁은 등산로를 오고 갔지만
나는 막걸리 한 통과 감자전 한 부침에

울고 웃다 낙엽 한 잎을 손에 주워 들고

저 깊고 아득한 심장 속으로부터 감동하였느니

사랑이여, 철들지 말라

사랑이여, 물도 들지 말고 푸른 잎 그대로만 살아남으라

막걸리 잔을 들고 되뇌다가

먼 곳의 그대에게 단풍처럼 전하노니

사랑이여, 낙엽 지는 날에도 푸른 잎으로 살아남으라

내가 평생에 걸쳐 쓰는 시여

너는 시인의 아내, 잔을 받아라
노는 날에도 큼직하니 파전을 부쳐
막걸리 한 통을 정성스레 내오는데
귀밑머리는 무슨 탓으로 희끗해진 겐지
나는 그것을 알 길이 없어
반 잔 술에도 얼굴을 붉힌다

너는 시인의 아내, 잔을 받아라
샘물도 따라주고 냇물도 따라주고
강물도 따라주려니
흐르고 흘러 어느 처녀 같은 바다에 닿거든
햇살 좋은 날의 윤슬로 마냥 빛나라
더는 시인의 아내도 말고
그저 술 아끼는 시인으로나 태어나거라
내 너를 위해 향 깊은 술 한 잔이 되리니
그때에야 너의 귀밑머리 숯처럼 까매질 테지
그때에야 너의 가슴에 흰 눈 쏟아져 내리겠지

너는 시인의 아내, 내가 평생에 걸쳐 쓰는 시여

오늘은 시인도 잊고 잔을 받아라

우리 함께 묵은 술이 되어

서로의 마른 가슴을 적시며 빗물처럼 흘러가려니

삼강주막

후회도 없을 여자야

우리 악착같이 손 붙잡고

여기나 가자 여기나 가서

너는 늙은 주모가 되고

나는 주름 많은 뱃사공이나 되자

손님도 받지 말고

누구도 건네주지 말고

너는 내게만 술을 따르고

나는 네게만 낙동강을 건네주며

동그만 모래톱에 뗏목처럼 누워

1300리 강물 소리에

막걸리 넘치는 소리나 아득히 섞어 흘려보내자

누가 막걸리 한 잔을 마시러 예까지 오랴

우리가 그러하려니

네가 막걸리 한 잔을 비우고

내가 막걸리 두 잔을 비우다

야금야금 주전자를 비우고

살금살금 독까지 모두 비우면

네 속에 담겨 있던 슬픔과

내 속에 차 있던 설움이

애오라지 낙동강 물을 따라

남으로 남으로만 떠내려가리라

그런 후에야 우리가 마지막 잔을 부딪치곤

새벽하늘 잔별을 헤아리려니

누가 막걸리를 마시러 예까지 오랴

낙동강 물에 흘려보낼 그 무엇 하나 없다면

1300리 함께 흘러갈 목숨 같은 사람 하나 없다면